Entrepreneurs, aimez vos clients !

Petit manuel comportemental

Marie Delaporte

Entrepreneurs, aimez vos clients !

Petit manuel comportemental

LE LYS BLEU
ÉDITIONS

ISBN : 979-10-377-6934-3

Préface

Quand j'ai lancé la « **Fête des Entreprises** » sur le thème J'aime ma boîte, je pensais bien sûr et avant tout aux clients que nous sommes tous. Attention ! car l'erreur serait presque de trop aimer ses clients et de négliger tout notre environnement humain. Les conseils judicieux donnés s'appliquent donc à tous dans le monde de l'entreprise.

Un entrepreneur qui n'aime pas ses clients n'est pas un entrepreneur. Ce sont eux qui nous font vivre et progresser. Mais ce n'est pas tout d'aimer, il faut des preuves d'amour et ces preuves d'amour sont constituées d'un ensemble de gestes quotidiens de chacun envers ses collaborateurs, clients, fournisseurs. Nous avons besoin d'eux, tous.

Les messages à l'ère numérique demeurent pourtant principalement verbaux et subliminaux : attitude physique, gestuelle, tenue, sourire, savoir remercier, etc. Ne l'oublions pas, c'est le socle de la communication et de l'*affectio societatis*. Nous nous sommes tous fait piéger par un mail lapidaire ou un SMS trop court et trop sec…

Il fallait le dire et l'écrire et c'est ce qu'a fait Marie Delaporte en spécifiant bien que tout s'apprend y compris une poignée de main ; il faut former inlassablement ceux avec qui nous travaillons. Mieux, on a les clients que l'on mérite ! et il ne faut pas oublier de les former habilement aussi. Le relationnel est contagieux. On nous parle de savoir-être, mais on oublie beaucoup que c'est avant tout du savoir-vivre.

Sophie de Menthon
Présidente d'ETHIC

Avant-propos

Lorsque l'on s'installe, que l'on soit entrepreneur, infirmier ou artisan, on trouve quantité de conseils et d'ouvrages sur la façon de gérer sa trésorerie, recruter, trouver des clients, se procurer le bon logiciel, démêler les arcanes des démarches administratives, bien entendu tout cela est nécessaire et indispensable, mais vous êtes-vous déjà posé la question de savoir pourquoi certains ont rapidement pignon sur rue et une croissance exponentielle alors que d'autres titulaires des mêmes diplômes ou sortant des mêmes écoles ont toutes les peines du monde à s'en sortir ?

Ce recueil veut vous faire réfléchir sur les moyens de développer votre entreprise en vous suggérant des savoir-faire simples et efficaces qui vous permettront de vous faire connaître, accueillir vos clients et les fidéliser, former vos employés, bien communiquer. Le plan de cet ouvrage est simple, le feu rouge vous indique ce que l'on ne devrait pas dire et que l'on entend souvent et le vert ce que l'on devrait dire et que l'on n'entend pas assez.

Ce petit manuel est destiné aux créateurs d'entreprise, aux artisans, aux étudiants de dernière année d'école professionnelle qui s'installent seuls ou en groupe, mais aussi, aux responsables d'associations de tous ordres, clubs de randonnées ou chefs de chœur qui ont le projet de grossir leurs rangs et valoriser leur image.

Ces remarques sont le fruit de quarante années d'expérience comme créatrice d'une petite entreprise pilotée au départ par l'enseignante que j'étais, sans expérience aucune, ayant su détecter chez ses élèves les causes des échecs à répétition menant inévitablement à la démotivation. Au début, je n'avais d'autre ambition que d'expliquer à de futurs bacheliers que l'on ne pouvait réussir une dissertation sans méthode, j'ai démarré en classe, puis de façon plus informelle dans ma cuisine avec quelques poignées de candidats motivés par cet apprentissage.

Au fil du temps, je suis arrivée sans jamais avoir acheté le moindre encart publicitaire à des groupes de cent quarante élèves en amphithéâtre, et une trentaine de collaborateurs formés pour animer plus de cent cinquante stages de méthode par an, en France et à l'étranger. Lorsque j'ai vendu mon entreprise, j'avais plus de six mille clients par an. Je crois avoir commis la plupart des erreurs courantes dues à toute une série d'idées reçues séduisantes qui se sont révélées fausses. C'est le fruit de ce travail et de cette expérience que je vous livre ici.

Au préalable, une prestation de qualité est toujours requise, tous ces conseils resteraient lettre morte si une solide formation régulièrement mise à jour et évaluée honnêtement n'était pas au rendez-vous.

Vous trouverez de nombreux exemples très concrets et tous véridiques d'entrepreneurs, artisans, professions médicales, qui ont réussi et d'autres qui ont échoué. Certains ont pu se développer grâce à une bonne application de ces méthodes simples à suivre, d'autres au contraire, ont dû fermer boutique par méconnaissance de ces règles ou pour les avoir méprisées. Par souci de discrétion, les noms ont tous été changés.

Attention ! ces remarques risquent d'aller à l'encontre de bien des idées reçues ! Dans beaucoup d'ouvrages, on vous expliquera qu'il est important de se faire apprécier de ses clients pour réussir, dans celui-ci, on vous montrera l'inverse, à savoir que c'est à vous d'aimer le premier vos clients afin qu'ils vous estiment en retour.

1
Une disponibilité totale

La mise en place d'un cabinet, d'une petite entreprise requiert avant tout de la concentration, mais aussi du temps. Il est important dès le démarrage de ne rien faire d'autre au risque de se disperser.

Vous serez surpris de constater la somme de travail que l'on peut abattre en quelques heures pour son activité lorsque l'on s'y consacre pleinement.

Ce que l'on entend souvent…

Il est communément admis que lorsque l'on passe des examens ou que l'on a un travail très prenant, il faut prendre du temps pour se détendre. On conseille généralement de pratiquer du sport, d'aller au cinéma pour se changer les idées.

Ce qu'il faudrait dire…

C'est une erreur, car dans la vie quotidienne cela n'est pas possible.

Évidemment, notre organisme ne peut en permanence tourner à cent à l'heure. Après deux ou trois heures de travail intense, la fatigue se fait ressentir, les idées s'embrouillent.

Pour éviter la surcharge, c'est exactement le même schéma que lorsque l'on révise des examens : il est toujours préférable après avoir passé du temps sur une discipline ardue, de se « reposer » en travaillant sur des sujets plus pratiques, cartes de géographie, schémas de biologie, s'installer confortablement pour achever une lecture imposée, ou autre.

Dans une entreprise c'est la même chose, il faut diversifier les tâches en alternant, celles qui sont purement pratiques, trier le courrier, lire et classer les mails dans les rubriques adaptées, passer quelques coups de téléphone, et les tâches plus austères ou nécessitant davantage de concentration.

Regardez les sportifs de haut niveau. Un coureur va pratiquer la récupération active. Il ne peut évidemment pas courir en permanence, mais après un effort intensif, il va ralentir la cadence puis marcher pour reprendre la course à un rythme plus soutenu. En aucun cas, il ne s'arrête pendant plusieurs jours au risque de perdre tout le bénéfice de son entraînement.

C'est exactement ce que l'entrepreneur devrait faire. Si vous rompez la cadence de travail brutalement pour entreprendre une activité qui n'a rien à voir avec votre profession, vous aurez beaucoup de difficultés à vous y remettre. Tout comme l'étudiant qui va diminuer sa dose de travail au profit des loisirs qui le rattrapent et le tentent.

Il va de soi que ce conseil s'applique à l'entrepreneur qui démarre son activité, il doit, autant que faire se peut, y consacrer tout son temps, surtout tant que l'organisation n'est pas en place. Une fois l'affaire lancée, il pourra bien entendu prendre des vacances et s'aménager du temps pour les loisirs et la décompression.

Lorsque l'on démarre une activité, la dispersion est toujours facteur d'échec.

La mère de famille qui sort de maternité pour retrouver les siens n'a guère le loisir de s'offrir une séance de piscine ou un moment pour aller courir, alors que son emploi du temps est réglé sur celui de ses enfants, les sorties d'école, les repas à préparer, les multiples tâches pour s'occuper d'un bébé.

L'artisan qui, lui aussi, cale ses horaires en fonction de ses rendez-vous peut, certes, lorsqu'il est en libéral, s'aménager des plages libres, mais c'est toujours pour prendre en charge les démarches administratives, ou faire l'inventaire de son matériel à commander. Vous ne croiserez jamais votre électricien ou votre plombier en plein jogging en forêt à seize heures !

Et que dire des députés qui doivent le plus souvent rester toute une nuit à l'assemblée pour examiner des amendements et voter une loi à cinq heures du matin !

Il en va de même pour une TPE, c'est au responsable de se caler sur les exigences de sa fonction et non l'inverse, cela se prévoit et surtout ce mode de fonctionnement s'organise.

2
Éviter la surcharge

Internet :

Ce que l'on entend souvent…

Les enjeux climatiques et environnementaux ont fait prendre conscience qu'il fallait limiter les consommations de papier pour préserver les forêts et qu'il fallait privilégier Internet pour éviter le gaspillage.

Il y a même une banque qui vous félicite par message sur son écran si vous avez eu la bonne idée de ne pas demander le reçu lorsque vous retirez de l'argent ! Vous avez œuvré pour la planète !

Dans nombre d'entreprises, la règle est celle du zéro papier, zéro déchet !

Ce qu'il faudrait dire…

Internet a considérablement modifié nos façons de travailler et de communiquer, c'est un outil incomparable. En revanche, rien ne remplace la relation directe, le courrier personnalisé, le coup de téléphone chaleureux et amical. Les cours en visioconférence, rendus nécessaires par les confinements successifs, ont bien montré les limites de cet usage.

Et que dire du télétravail qui a mis en lumière l'absence de convivialité pesante et l'impérieuse nécessité d'être en contact direct avec ses collaborateurs. À l'heure du numérique où les relations de personne à personne se font plus rares, les notions de service et d'accueil sont plus que jamais essentielles.

Un directeur commercial venant d'être nommé pour faire la promotion de son entreprise avait acheté un fichier client correspondant à son activité et en un clic, il a envoyé la présentation de ses prestations à mille personnes choisies par un logiciel de publicité accrocheur, répertoriant de potentiels acheteurs. Le résultat fut sans appel, il a eu un seul retour… négatif !

Les imprimeurs vous le diront, les campagnes de recrutement via Internet semblent commodes par leur côté « magique » et « instantané », mais c'est un leurre. Aujourd'hui, de plus en plus d'entreprises plébiscitent à nouveau le mailing « papier » plus coûteux, certes, mais bien plus productif.

Vous rentrez de week-end et avez trente mails à traiter, vous allez inévitablement en éliminer les trois quarts, en revanche si vous avez un courrier postal avec un prospectus explicite qui vous interpelle, vous le poserez sur votre bureau en attendant de le lire à tête reposée.

Cependant, Internet n'est pas à rejeter en bloc, une clientèle motivée s'abonne volontiers aux réseaux sociaux existants ainsi qu'à la newsletter pour se tenir au courant des nouveautés d'une entreprise. C'est un outil performant dans la mesure où il est utilisé de façon ciblée.

Jacques s'est installé à son compte en tant que producteur de porc, ses clients abonnés sur son compte Instagram peuvent suivre ses découpes, ses nouveaux produits, ses promotions, etc.

On ne lit pas forcément les mails qui nous sont imposés, en revanche on s'intéresse plus volontiers aux newsletters auxquelles on s'abonne.

I*nternet est un outil indispensable et pratique à condition de rentabiliser le temps. S'il vous en fait perdre, il faut changer de stratégie.*

Le téléphone – Le répondeur

Ce que l'on entend souvent…

Afin d'éviter le coût supplémentaire d'une secrétaire, il est recommandé d'utiliser un répondeur permettant de laisser des messages.

C'est un usage en vigueur depuis de nombreuses années, tellement courant que plus personne ne songe à le contester. D'ailleurs, vous n'avez pas le choix, tous les téléphones aujourd'hui possèdent cette fonction.

Ce qu'il faudrait dire…

Vous ne souhaitez pas être dérangé le soir, à l'heure des repas, c'est normal, nous sommes tous pareils. En revanche, vous avez peu de chances statistiquement de recevoir beaucoup d'appels pendant ces créneaux horaires, mais si vous en avez, ce sera gagnant dans tous les cas, le client fortement motivé par une commande, le patient qui a besoin d'être rassuré face à un symptôme inquiétant vous seront reconnaissants d'avoir répondu et le feront savoir. Plusieurs années après, ils s'en souviendront.

Votre bonne réputation va en bénéficier. Il ne faut jamais perdre de vue que le client potentiel est toujours ou presque intéressé par une commande. S'il fait appel à un soignant, par exemple, c'est sûrement qu'il est en souffrance au moment où il vous appelle. S'il tombe sur un répondeur, il y a de fortes chances pour que sa motivation à vous recontacter cesse sur-le-champ et qu'il aille voir ailleurs.

Vous avez une ordonnance prescrivant une prise de sang à domicile, vous contactez une infirmière, si on vous demande de laisser un message, vous allez en appeler une autre jusqu'à ce que l'on vous réponde.

Une agence immobilière qui ouvre au public trois jours sur sept, peine à vendre ses biens. Les futurs acheteurs qui téléphonent se heurtent toujours à un répondeur ; s'ils laissent des messages, ils ne sont pas écoutés. Son concurrent qui est à trois cents mètres, étant disponible toute la journée, récupère toutes les ventes et prend la peine de donner les numéros de portables de ses agents. Résultat garanti !

Et que dire de la voix obséquieuse qui vous laisse entendre que vous aurez quatre minutes d'attente. Elle vous propose la quarantième de Mozart qui va passer en boucle pendant de longues minutes sans jamais obtenir un opérateur !

Si vous recevez trop d'appels, il peut être judicieux d'obtenir un contrat avec un secrétariat téléphonique. Pour une cinquantaine d'euros par mois environ et pour cinquante appels, il en existe de très performants. À condition de les tester auparavant, car certains d'entre eux recrutent des standardistes parlant mal le français qui risquent de donner une image non professionnelle de votre activité.

L'opérateur peut aussi vous appeler sur votre portable si le message lui paraît important, c'est très appréciable. D'où la nécessité de le tester (en faisant téléphoner des amis au numéro de votre entreprise) et de vérifier qu'il est compétent. Le plus souvent, il prend les coordonnées du correspondant (ce qui vous donne la possibilité de savoir qui a appelé) et vous envoie un mail avec tous les renseignements demandés par l'interlocuteur. À vous ensuite de le rappeler. Ce type de service est très utile à condition toutefois de ne pas en abuser, mais de le réserver aux seuls moments où vous n'êtes pas disponible. Autre avantage, il vous permet de ne pas perdre de potentiels clients.

Il est toujours préférable d'avoir en ligne une **« vraie »** ***personne qui vous écoute plutôt qu'un répondeur.***

Une chaîne d'hôtel bien connue avait supprimé ses agents de nuit au profit d'une ligne téléphonique telle que nous les connaissons aujourd'hui : « vous avez réservé pour cette nuit ? tapez 1, etc. » les clients de l'hôtel arrivant tard, fatigués, parfois paniqués, contactaient le numéro d'urgence, lequel a vite été saturé !

Quelques mois plus tard, un gardien était réembauché dans tous les hôtels de la chaîne.

Le téléphone au travail

Ce que l'on entend souvent…

« Les patients qui ont tendance à me raconter leur vie au téléphone me fatiguent. Ils sont vite expédiés au profit de ceux qui sont moins loquaces ».

« J'ai toujours mon téléphone à portée de main pour être joignable en permanence. »

Deux exemples d'erreurs courantes : Chantal entre dans une boutique de vêtements de luxe, avec le projet de s'offrir une tenue pour un mariage. La vendeuse ricanait avec une amie, le téléphone collé à l'oreille au moment où Chantal passe le pas de la porte. La vendeuse sans s'excuser, explique à sa correspondante : « J'ai une cliente, je te rappelle dans cinq minutes. » Elle raccroche, déçue de ne pas poursuivre sa conversation.

L'acheteuse avait prévu une partie de son après-midi pour cette démarche qui lui tenait à cœur. Elle repart sur-le-champ, car elle savait que ce type d'achat lui prendrait plus de « cinq minutes ».

Anne entre chez le médecin chez qui elle avait pris rendez-vous depuis plusieurs jours, car elle avait un problème délicat à lui soumettre. Il lui demande de s'asseoir et de lui expliquer l'objectif de sa venue.

Le téléphone sonne, le médecin répond, c'était l'entraîneur du club de tennis de son fils qui lui demandait de venir suivre un match. Il prend son agenda et discute pendant quelques minutes du choix de l'horaire, mal adapté selon lui.

La consultation fut de courte durée. Sans attendre la fin de la conversation, Anne, complètement déstabilisée, est repartie dans l'instant en claquant la porte.

Ce qu'il faudrait dire…

Le téléphone s'il est indispensable ne doit jamais être prioritaire par rapport à votre interlocuteur. Il n'est jamais souhaitable d'interrompre une consultation, un rendez-vous, au profit d'un coup de téléphone.

La règle est d'éteindre le portable avant un entretien, une information peut toujours attendre un quart d'heure !

Il est bien rare sauf si vous êtes pompier ou urgentiste d'être tenu de répondre dans l'instant.

3
L'accueil

La ponctualité

Ce que l'on entend souvent…

Je suis souvent en retard, je n'y peux rien, je cours après le temps et tout le monde peut le comprendre. L'essentiel étant que j'effectue correctement mon travail, les formes à y mettre sont secondaires.

J'ai surtout une clientèle « jeune », je m'habille comme eux de toute façon ce n'est pas mon sourire ni ma tenue qui vont calmer son mal, ou lui fournir les meilleurs soins.

Ce qu'il faudrait dire…

Lorsque vous entrez dans une boulangerie et que la personne vous accueille avec le sourire, un mot aimable et une tenue impeccable, immédiatement cette attitude vous met en confiance et vous incite à la questionner sur le choix de ses produits. Il est sûr que vous y retournerez.

Inversement, face à une vendeuse peu aimable et expéditive, vous le serez aussi.

Yves est podologue, il vient tout juste de s'installer. Dans sa salle d'attente qui est un minuscule couloir, trois petites chaises droites sans confort aucun. Une patiente attend son tour, Yves arrive avec un quart d'heure de retard. Il y a tout à parier que cette patiente ne reviendra pas.

Hélène a rendez-vous pour une première embauche. Elle a préparé son entretien et prend la route. Elle se rend à une centaine de kilomètres dans une ville moyenne qu'elle ne connaît pas. Elle tourne et retourne, mal guidée par son GPS qui l'induit en erreur, et finalement franchit le seuil de l'entreprise avec une demi-heure de retard.

L'employeur lui fait remarquer son manque de ponctualité, et elle se justifie par la méconnaissance du lieu qui l'a retardée.

L'employeur ne la prit pas, car ce retard montrait bien le signe d'une impréparation qui se serait répétée.

La ponctualité est la politesse des rois, dit-on.

Ses trois avantages sont les suivants :

- Le respect envers ceux qui vous attendent

- La suppression du stress dû à la peur d'être en retard en évitant de paniquer

- La possibilité de profiter pleinement de votre rendez-vous.

Il est toujours inutile de se justifier lorsque l'on est en tort.

La tenue vestimentaire

Faut-il le préciser ? La tenue vestimentaire n'est pas à négliger, tout comme l'acteur endosse le costume du personnage qu'il va incarner, le chef d'entreprise va endosser la tenue qui sied à sa fonction.

Un directeur d'école de tourisme avait envoyé une circulaire aux parents de ses élèves leur demandant une bonne présentation, car les élèves seraient amenées à accueillir du public en tant qu'hôtesses.

Cela nécessitait les cheveux relevés, un tailleur et des chaussures à petits talons (ce qui n'était pas du tout du goût de certaines) !

Florent, un jeune commercial au look « baba cool » fut demandé pour une formation. Lorsqu'il entra dans la salle où il devait intervenir, il s'est vu refoulé au motif qu'il n'était pas présentable, les commanditaires ont dû téléphoner à son responsable pour s'assurer que c'était bien lui le formateur.

Une tenue négligée produit toujours une mauvaise impression, une tenue correcte et soignée contribue dans tous les cas à donner une appréciation positive

4
La réactivité

L'indispensable réactivité va de pair avec la disponibilité

Ce que l'on entend souvent…

Le matin, j'allume mon ordinateur et découvre une avalanche de mails. Je les regarde rapidement et vais commencer par les classer. Certains ne demandent qu'une réponse rapide, je les mets de côté et répondrai plus tard, d'autres sont plus longs et vont me demander de réfléchir et de trouver des documents, je les classe aussi afin de les traiter à un moment donné.

Ainsi je programme l'emploi du temps de ma journée.

Je me mets donc au travail et vais m'atteler aux tâches démarrées hier qui ne sont pas finies et préparer mes entretiens de ce jour.

Ce qu'il faudrait dire…

Lorsque vous recevez un mail, il n'y a en général que trois cas de figure.

1 – On vous pose une question qui nécessite une réponse. **Exemple :** « Je suis intéressé par vos services et souhaite vous rencontrer pour obtenir un devis de réfection de façade… » Il vous faut deux minutes pour consulter votre agenda et proposer un créneau horaire pour ledit rendez-vous.

Si vous souhaitez contacter ce client, il faut le faire tout de suite puisqu'il est motivé ***maintenant*** par ses travaux à venir.

Si vous attendez, sa motivation va diminuer, voire disparaître, car entre-temps, il aura réfléchi et peut-être changé d'avis ; ou bien, il sera allé voir ailleurs.

2 – Votre agenda est surchargé en ce moment et il ne vous est pas possible de fixer un rendez-vous séance tenante. Vous répondez tout de suite pour le lui dire, mais en lui laissant entendre que dans deux ou trois jours vous y verrez plus clair et que vous pourrez accéder à sa requête.

Dans les deux cas, vous répondez tout de suite. Le pire étant de ne pas répondre au prétexte que vous n'avez pas la réponse dans l'instant, tout le monde peut comprendre qu'un artisan est soumis à des aléas indépendants de sa volonté (personnel souffrant, matériaux non livrés, etc.) et qu'il peut parfois être dans l'incertitude.

Si votre client le sait, il ne vous en tiendra pas rigueur, l'essentiel pour lui étant d'obtenir une réponse et de savoir que vous êtes de bonne foi en repoussant votre réponse à condition de revenir vers lui dans un délai raisonnable.

3 – La question posée nécessite de votre part, une recherche, un travail, l'élaboration d'un document et dans ce cas, cela vous prendra du temps. Là encore, vous répondez tout de suite en indiquant le temps qu'il vous faudra pour réaliser le travail demandé et vous donnez une date approximative de remise du travail en question.

La tentation est de ne pas répondre immédiatement, car vous craignez la surcharge. Si vous êtes débordé, c'est votre problème, mais ce n'est pas celui du client !

Lequel est sûrement lui aussi débordé.

Que j'ai ou non la réponse à donner à mon client, je lui réponds dans la demi-journée.

Si je ne le fais pas, le risque est grand de l'oublier et de le perdre.

5
Les attentes des clients

L'entrepreneur qui se lance porte un projet, un savoir-faire, une idée qu'il souhaite concrétiser. Mais la mise en œuvre va nécessiter la prise en compte de beaucoup de paramètres.

- À quel public s'adresseront mes services ?
- Y a-t-il des concurrents dans mon secteur proposant exactement la même chose ?
- Dans l'affirmative que puis-je apporter comme plus-value ?
- Quels tarifs proposer ?
- Quelles sont les attentes de mes clients ?

Ce que l'on entend souvent…

Un restaurant de nos jours doit pouvoir proposer des plats à la mode, voire exotiques. C'est ce qui se pratique actuellement, pense Paul, jeune aubergiste venant de racheter un petit hôtel de montagne. Il a en tête de proposer à sa clientèle des menus « nouvelle cuisine » parce que c'est « tendance ».

Ce qu'il faudrait dire…

Paul a lourdement investi. Tenue de cuisinier, tables, parasols, matériel de cuisine dernier cri. Mais, il propose à ses clients une cuisine totalement inadaptée à sa clientèle, faite de promeneurs d'un jour. Le plus souvent, des familles avec enfants. En effet, il propose des plats originaux, des mets exotiques, des entrées de charcuterie très riches et un service interminable. Comme il tient aussi l'hôtel où des personnes âgées viennent pour se reposer, il assure les repas du soir, identiques à ceux du midi. Le résultat ne s'est pas fait attendre, son établissement a fermé dans les six mois !

Ses menus étaient corrects, mais il se faisait une idée de « restaurant moderne » totalement en décalage avec les attentes plus traditionnelles de ses clients.

La tenancière précédente l'avait pourtant mis en garde. Son restaurant faisait salle comble tous les dimanches, ses menus étaient copieux, mais très classiques et sans aucune extravagance. Trop pensait notre nouvel arrivant. Elle embauchait un extra pour expédier le service, si bien que les habitués pouvaient sortir de table rapidement pour se promener en montagne.

Il ne faut jamais confondre l'attente des clients avec l'idéal que l'on se fait du métier. C'est l'attente des clients qui doit déterminer mes orientations professionnelles et non l'inverse.

Ce que l'on entend souvent…

Un enfant en difficulté scolaire doit bénéficier de cours de soutien intensif pour relever son niveau. C'est logique, il a des lacunes, il faut les combler au plus vite.

Ce qu'il faudrait dire…

Dans le même village que le restaurant montagnard, une petite structure gérée par un organisme public accueillait en internat des enfants en échec scolaire. La cause en était souvent de graves problèmes familiaux avec un retard de deux ou trois ans par rapport à une scolarité normale. Pourtant, les résultats obtenus étaient très encourageants.

Le directeur avait su s'adapter à ses élèves indisciplinés ou en rupture avec l'école. Comme ils étaient tous en situation de rejet, plutôt que de leur proposer des cours toute la journée, les temps d'apprentissage scolaire ne duraient que trente minutes et pas plus de cinq à six fois par jour, le reste du temps était consacré au sport, en alternance.

En règle générale, ces petits élèves de primaire et de collège gagnaient une ou deux années en une. Lorsqu'ils réintégraient le circuit normal, ils avaient rattrapé leur retard.

Le redoublement a bien montré ses limites. En effet, un enfant en difficulté dans une ou plusieurs matières ne deviendra pas bon élève par magie en redoublant sa classe. Au contraire, si on allonge encore le temps de scolarité, le risque est grand de le voir se décourager ou pire encore se révolter. C'est la raison pour laquelle cette solution est de plus en plus abandonnée.

Le raisonnement logique est que plus on leur donne de cours moins ils sont motivés et plus ils se découragent !

6
Prendre conseil avant de décider

Ce que l'on entend souvent…

Je monte mon cabinet, mon entreprise et je n'ai besoin de personne, je sais comment je vais m'y prendre. Je sors d'une école, j'ai fait des stages et appris de nouvelles techniques, ce que les précédentes promotions n'ont pas fait. Je préfère ne pas en parler sinon les autres risquent d'être jaloux ou de me détourner de mes décisions, pire encore s'approprier mes idées.

Les professionnels qui partent à la retraite sont d'un autre âge, n'ont pas eu la même formation et je ne vois pas en quoi cela me serait utile de les rencontrer.

Ce qu'il faudrait dire…

En éthique, on explique que le conseil est la première étape de la prudence.

Le futur entrepreneur, souvent jeune, fourmille d'idées, tout à l'excitation de se mettre à son compte et d'être son propre maître. C'est tout à son honneur, et heureusement d'ailleurs, car sa motivation est en phase dynamique.

Jean-Jacques enseignait la musique depuis quarante ans et prenait sa retraite. Il avait innové en proposant des cours de synthétiseur par petits groupes de quatre élèves choisis uniquement en fonction de leur niveau et non de leur âge. Élèves qu'il avait auparavant testés sur le plan musical.

Musicien confirmé, il n'avait eu aucun mal à remplir son école, car les structures de ce type n'existaient pratiquement nulle part.

Au début de chaque cours, il imposait un programme pédagogique très précis, fruit d'une longue expérience qui permettait ainsi d'avancer assez vite. Le premier quart d'heure était toujours consacré à la révision du cours précédent. Lorsqu'un élève lui proposait l'étude d'un nouveau morceau, il répondait souvent par l'affirmative, mais à condition d'attendre encore quelques séances de façon à ce que le groupe puisse être en possession de tous les éléments pour jouer le morceau en question. Avec une solide formation et les mêmes exercices répétés chaque semaine, les élèves progressaient rapidement.

Son repreneur, François, un jeune pianiste de très haut niveau s'est installé au fond de la salle pendant trois mois pour comprendre le fonctionnement de cette école et surtout la pédagogie rigoureuse. Il a assisté à tous les cours de tous les niveaux. Puis il a pris le relais. Les cent vingt élèves de l'école ont poursuivi avec lui, toujours motivés par cet enseignement hors du commun.

Ce nouveau maître bien plus jeune, négligeant l'expérience de son prédécesseur, partait du principe que c'est à l'élève de dire au professeur ce qu'il faut travailler et non l'inverse. Tous ont été décontenancés devant cette manière de faire, inefficace au possible, et ne produisant que peu de résultats. L'aventure ne dura que trois mois, une agence immobilière prenait la place de l'école avant la fin de l'année et notre pianiste se retrouva avec des dettes sur les bras et pour de nombreuses années…

Oui, le conseil est primordial lorsque l'on s'installe, il est toujours bien d'avoir des idées à condition qu'elles conduisent au résultat souhaité.

Les anciens sont certainement moins à la page dans le domaine de l'informatique et des nouvelles technologies qu'ils ont découvert sur le tard, mais ils

ont pour eux les années d'expérience et connaissent mieux que quiconque les attentes des clients et la bonne façon de les aider, car ils ont appris au fil des années de leurs erreurs et de leurs succès.

7
Savoir communiquer

Lorsque l'on s'installe, il faut évidemment se faire connaître. La communication prend du temps et surtout doit déboucher sur l'arrivée d'acheteurs, de patients, de clients.

Le réseau de proximité

Ce que l'on entend souvent…

« Aujourd'hui, c'est facile, il suffit de trouver un logiciel adapté à ma profession qui va me fournir une liste de clients potentiels. Je n'aurai plus qu'à annoncer mon installation à toutes les personnes du fichier pour obtenir des retours. » (*Je vous renvoie au chapitre sur Internet page 11)*

« Je vais créer un site Internet. Ainsi en étant répertorié je trouverai aisément une clientèle. »

Ce qu'il faudrait dire…

La constitution d'une clientèle prend du temps et surtout la communication efficace se fait toujours de personne à personne.

Première étape : Faites réaliser par un professionnel une petite plaquette publicitaire que vous ferez relire par des amis pour avoir leur avis. Vérifiez la présence de vos coordonnées, et du déroulé de ce que vous proposez. Les flyers amateurs se repèrent tout de suite, car ils sont rarement de qualité.

Deuxième étape : Contacter directement de visu ou par téléphone vos amis et ceux qui sont plus éloignés. Vous serez surpris de constater que bien souvent, cela les conduira à vous indiquer d'autres personnes intéressées par votre installation.

Pensez à lister toutes les personnes contactées. Vous allez rapidement vous constituer un carnet d'adresses que vous conserverez longtemps.

Ratissez large ! Vous allez vite vous rendre compte que ce ne sont pas forcément les personnes auxquelles vous pensez prioritairement qui vont vous aider, ce peut être le jardinier dont la mère âgée a besoin d'une infirmière pour des soins réguliers, votre garagiste qui va vous mettre en contact avec un collègue qui recherche une personne comme vous pour ses enfants, etc.

Attention ! Pour qu'une communication soit pérenne, il est indispensable de diversifier vos réseaux. Si un ami vous propose régulièrement des chroniques dans sa revue, c'est très bien, mais si le même ami se retrouve en difficulté et que sa revue disparaît, vous n'aurez plus aucune source de réseaux.

Il faut donc, à la fois, contacter des organes de presse, des amis et des organismes pour tisser votre toile.

L'implantation locale

Il va sans dire que lors d'une installation, il est important de se faire connaître des commerces et petites entreprises environnantes.

Myriam, mère de quatre enfants, avait ouvert sa pharmacie et faisait toutes ses courses dans les petites épiceries du village dans lequel elle s'était installée. Certes, les prix étaient bien plus élevés que dans les grandes surfaces, mais en contrepartie, les commerçants étaient tous devenus de fidèles clients. Il est toujours intéressant de faire une apparition au loto du village, ou au repas des aînés.

Les relations presse

Ce que l'on entend souvent…

Tous les journaux et magazines ont un site Internet et il est aujourd'hui très facile de contacter les rédactions et les journalistes, car leur adresse électronique figure toujours en clair à la fin de leurs chroniques.

Ce qu'il faudrait dire…

Vous souhaitez contacter les journaux locaux ? C'est une excellente idée. Pour certaines TPE, c'est un bon plan. Attention pour quelques professions, la déontologie n'autorise pas les achats d'encarts publicitaires. Par ailleurs, cela nécessite un budget important. En revanche, le plus simple est d'obtenir un article qui ne vous coûtera rien.

Pour cela, repérez le nom du journaliste accrédité à la rubrique liée à votre activité (culture, si vous ouvrez un cours de soutien, médical, si vous ouvrez un cabinet d'infirmière, etc.)

Vous lui mettez dans une enveloppe votre dépliant publicitaire avec un mot écrit de votre main, en lui expliquant que vous lisez régulièrement ses articles et qu'il vous a semblé que votre activité pourrait intéresser ses lecteurs. Vous lui proposez un rendez-vous de vive voix ou téléphonique au jour et à l'heure de son choix. Et vous allez directement mettre ce courrier dans son casier à l'adresse du journal. Si vous envoyez un mail, il risque de ne pas le lire, car il en reçoit énormément et ne fera pas forcément le tri.

Vous renouvelez l'expérience dans autant de journaux locaux ou spécialisés qu'il en existe dans votre secteur.

Un courrier personnalisé est toujours lu. Le courrier électronique noyé dans la masse a toutes les chances de finir dans la corbeille.

Les rendez-vous

Ce que l'on entend souvent…

Je vais rencontrer plusieurs acteurs dans ma spécialité et leur expliquer mon parcours, et les spécificités de mon métier. J'ai suivi plusieurs formations qui peuvent les intéresser et je souhaite développer ce qui est avant-gardiste pour leur montrer que je me démarque de mes concurrents. Je vais aussi leur exposer mes projets d'agrandissement de développement à l'étranger.

Ce qu'il faudrait dire…

Si vous ouvrez un cabinet infirmier, vous pouvez vous rendre directement dans les EHPAD, les cliniques, tous les établissements concernés par votre activité, pour porter votre dépliant en prenant rendez-vous avec la direction pour expliquer votre projet.

Il ne faut jamais perdre de vue que le but de ces contacts est de recruter, et non de détailler par le menu tout votre savoir-faire ce qui brouillerait les pistes et nuirait à une bonne compréhension de votre message initial à savoir : « J'ouvre un cabinet de kinésithérapie » ou « Je reprends un commerce ».

Si vous détaillez la liste des techniques que vous proposez dans votre cabinet de kinésithérapie ou les produits que vous vendez dans votre commerce, votre interlocuteur ne saura plus ce que vous attendez de lui.

Une communication réussie nécessite dans tous les cas de faire passer un seul message.

Face à l'échec d'un recrutement.

Vous n'avez pas été choisi, votre recruteur vous le fait savoir par un mail lapidaire. Malgré votre enthousiasme à présenter votre projet d'installation, votre discours n'a pas convaincu.

« Nous avons le regret de vous faire savoir, etc. Malgré vos compétences… et vous souhaitons de trouver rapidement, etc. »

Ce que l'on entend souvent…

Je me suis déplacé à quatre-vingts kilomètres pour aller à cet entretien que j'avais préparé. J'ai espéré cette place, car j'avais les compétences requises. Je ne comprends vraiment pas pourquoi je n'ai pas été pris. Si j'avais su, je ne serais pas venu, j'ai perdu une après-midi alors que je m'étais organisé.

Ce qu'il faudrait dire…

J'ai bien pris acte de votre refus que je regrette. Toutefois, je demeure motivé par cette collaboration qui m'intéresse beaucoup et si jamais dans le futur vous aviez besoin d'un partenaire, je serai heureux de pouvoir travailler avec votre entreprise.

Il y a tout à parier que ce dernier candidat sera retenu si le cas se présente.

Il ne faut jamais se fâcher avec un partenaire ou un client passé, présent ou futur. C'est une règle intangible.

Vous ne connaissez pas l'avenir. Si vous vous fâchez avec un recruteur ou un client passé en claquant la porte, vous ne pourrez jamais revenir en cas de difficulté. Avec un futur partenaire, si vous laissez la porte ouverte, vous aurez toujours vos chances en revenant vers lui.

8
La formation des collaborateurs

Les réunions

Si vous n'êtes pas le seul manager, il vous faudra compter sur l'aide de collaborateurs. Afin d'éviter tout malentendu et s'assurer d'une bonne coordination, il faudra vous réunir.

Ce que l'on entend souvent…

Notre équipe se réunit tous les mois pour faire le bilan du mois écoulé. C'est toujours un moment sympathique qui nous donne l'occasion de nous retrouver. Je fais systématiquement un tour de table, lors duquel nous discutons à bâtons rompus.

Il n'est pas nécessaire d'établir une feuille de route, car chacun dit ce qu'il a à dire. De toute façon, les discussions partent tous azimuts !

Ce qu'il faudrait dire…

Une réunion n'a d'intérêt que si elle apporte une plus-value à votre travail.

Première étape : Pour rentabiliser le temps, il est important de préparer une feuille de route envoyée à tous les participants quelques jours avant, avec une liste de questions nécessitant des réponses.

Vous devez aussi prévoir le temps que durera la réunion en diffusant à l'avance l'heure de départ et de sortie. Cela permettra aux invités de s'organiser.

Deuxième étape : Vous demandez à chacun de répondre par écrit avant la réunion aux questions posées et d'apporter les réponses le jour de la réunion. Cette méthode est utile, car elle permet de ne rien oublier, car les participants ont noté au fur et à mesure toutes leurs remarques.

Un tour de table est intéressant uniquement dans la mesure où vous n'êtes que trois ou quatre. Au-delà, ce n'est pas souhaitable, car les bavards monopolisent souvent la parole au détriment des plus timides. Si vous comptez cinq à dix minutes d'intervention par personne, le risque est de voir s'éterniser votre réunion.

Une réunion non préparée est toujours une perte de temps. Ou alors ce n'est plus une réunion, mais une rencontre amicale. Dans ce cas, nous sortons du cadre professionnel.

Entretenir la motivation des collaborateurs

Lorsque l'on démarre une activité professionnelle, le moral est au beau fixe et la motivation au plus haut. Mais il n'est pas rare que face aux inévitables difficultés, malentendus, crise économique, baisse du chiffre d'affaires, etc., l'enthousiasme fait place à la déprime !

Ce que l'on entend souvent…

Il est payé pour effectuer son travail, peu importe s'il y a des problèmes, après tout, nous en avons tous.

On évoque souvent la théorie de la carotte et du bâton. Mais, comme responsable, je remarque surtout ce qui ne fonctionne pas. Donc le bâton !

La formation des collaborateurs

Laurence avait monté un cours de soutien en anglais, elle avait recruté une excellente formatrice et lui avait demandé de créer un stage intensif pour son entreprise.

Elle a donc passé ses vacances à mettre en place cette nouvelle formation avec une grande conscience professionnelle. Lorsqu'elle a remis son travail, son employeur lui a dit simplement merci sans même en regarder le contenu.

Dépitée, la jeune formatrice a tout de même persévéré en animant à deux ou trois reprises le stage demandé. Elle fut payée, mais n'eut jamais d'autres contacts avec Laurence malgré plusieurs relances. Ne sachant pas si elle avait de bons retours, si cela lui convenait ou pas, elle a quitté l'entreprise sans regret, mais amère.

Quant à Laurence, elle n'a jamais compris pourquoi cette enseignante était partie.

Ce qu'il faudrait dire…

Il est important de communiquer régulièrement pour s'assurer que vos subordonnés ont toujours la flamme ! Si vous leur confiez une mission, demandez-leur si elle avance comme ils veulent. Si ce n'est pas le cas, étudiez avec eux la possibilité de la partager avec un autre, de le décharger de la partie qui pose un problème. Bref, parlez-en avec eux.

N'hésitez pas à leur offrir à certaines occasions des chèques cadeaux, des cartes-essence pour leur signifier votre satisfaction, cela ne grèvera pas beaucoup votre budget, mais fidélisera vos employés.

Vos collaborateurs ont toujours besoin d'être encouragés. Ils apprécient surtout que l'on remarque lorsqu'ils effectuent correctement une tâche.

9
Le refus de la perte de temps

Ce que l'on entend souvent…

Je dois réserver des billets de train et des chambres d'hôtel pour un congrès. Afin de trouver les meilleurs tarifs, je vais devoir y consacrer du temps.

Ce qu'il faudrait dire…

Les sites de réservation en ligne peuvent être confus, car ils offrent une gamme de possibilité quasi infinie. Pour gagner du temps, il est indispensable d'avoir demandé auparavant, les dates de naissance, les cartes de fidélité offrant les réductions auxquelles vos collaborateurs ont droit… Sinon vous risquez de ne pas acheter les billets adéquats, ce qui vous obligera à les changer.

Si vous cherchez l'hôtel le moins onéreux, c'est bien. Mais s'il est à quatre kilomètres du lieu où vous devez vous rendre, et que vous devez prendre un taxi pour y aller, ce n'est pas le bon choix.

Si votre secrétaire passe deux heures à trouver l'hôtel ad hoc, et que vous la payez à l'heure, vous n'aurez rien gagné du tout. Il est préférable de choisir un hôtel un peu plus cher, mais qui ne lui prendra que cinq minutes de recherche.

Les recherches sur Internet sont indispensables, mais chronophages, fixez-vous une plage horaire pour ce type de démarche et essayez de vous y tenir. Si vous avez tous les renseignements en amont, vous y arriverez.

10
Rapidité d'exécution

Ce que l'on entend souvent…

Dès que l'on s'installe dans la vie professionnelle, l'important est d'effectuer son travail au mieux, consciencieusement et avec cœur. Peu importe si on le fait lentement et à l'intuition.

Il n'est pas utile de tout préparer à l'avance. Si l'idée me vient de téléphoner à des clients ou de faire un envoi en masse, je le fais au moment où j'y pense.

Ce qu'il faudrait dire…

Si la diversité des tâches nécessite plus ou moins de temps, beaucoup doivent être réglées rapidement. Et la rapidité s'apprend.

Vous devez, par exemple, envoyer un mailing papier à cinq cents personnes et contacter huit clients par téléphone. Si vous n'y prenez garde, ces démarches peuvent vous accaparer toute la journée. Là encore, une bonne organisation en amont sera la clef de votre emploi du temps.

L'anticipation

Un mailing se prépare matériellement. Une grande table bien dégagée. De grandes boîtes ou « cagettes transparentes » dans lesquelles vous allez compartimenter tous les éléments de vos envois. Les enveloppes dans l'une, les prospectus dans l'autre, les étiquettes adresse dans une troisième, etc. le tout bien aligné sur votre table dans l'ordre où vous les utiliserez.

La rapidité d'exécution

Dès que tout est prêt, vous regardez l'heure et vous vous mettez au travail. S'il n'y a que deux ou trois papiers à insérer dans une enveloppe, comptez environ une bonne heure pour en faire deux cents. Seulement si vous mettez les écouteurs et en profitez pour écouter de la musique, le temps sera doublé. Tout dépend donc, si vous effectuez ce mailing pendant vos heures de travail ou pour vous détendre chez vous en fin de journée.

Les enfants sont souvent demandeurs, pour effectuer ce genre de travail, à condition que le temps soit limité. Dès l'âge de dix, douze ans, ils sont en général ravis de pouvoir y participer.

Anticipation

Il en va de même pour les contacts téléphoniques, fixez-vous auparavant un laps de temps raisonnable. Préparez les questions que vous allez poser, les remarques que vous souhaitez faire et ayez à proximité les documents qui pourraient intéresser votre interlocuteur et dont vous pourriez avoir besoin pour le renseigner.

Rapidité d'exécution

S'il n'est pas question d'expédier votre interlocuteur, en revanche il appréciera votre concision.

Il vous demande la date de votre K-bis ? vous l'avez sous les yeux. Votre chiffre d'affaires des deux dernières années ? Idem. Dans ce cas, la conversation ira à l'essentiel et durera peu de temps.

Inversement si vous n'avez pas les documents à portée de mains, il faudra recontacter la personne. Si vous n'avez pas recensé les questions que vous allez poser, il est certain, vous en oublierez.

Si l'interlocuteur est un ami, ou ami d'ami, la tentation est grande de faire dévier la conversation sur d'autres sujets, et donc de s'éterniser. Il sera préférable de l'appeler en dehors des heures de travail.

Pour une organisation optimale, il est nécessaire d'anticiper, de chronométrer (au début) le temps imparti aux tâches répétitives.

Il ne suffit pas d'apprendre à travailler bien, mais surtout à travailler vite.

11
Persévérer

Lorsque l'on s'installe, on se heurte inévitablement à des phases de découragement. Cela fait partie du jeu ! Factures à payer, clients qui se décommandent, impôt qui tombe au plus mauvais moment et qui n'était pas prévu, etc..

Permettez-moi de vous relater une expérience personnelle. J'avais mis en place un petit organisme de soutien, scolaire, plus précisément de méthodologie pour apprendre à de futurs bacheliers des techniques de dissertation innovantes.

L'affaire marchait plutôt bien. J'avoue que c'était un peu présomptueux, mais j'avais le projet d'obtenir un reportage sur TF1, pensant que cela m'apporterait une plus grande notoriété. J'ai donc envoyé des fax (à l'époque !) au rythme de deux ou trois par an pendant une dizaine d'années à quelques journalistes spécialisés dans la rubrique « culture ».

Le résultat s'est fait attendre. Jusqu'au jour où je fus contactée par l'équipe du 20 h. Les journalistes me proposaient de venir le lendemain matin chez moi pour effectuer un reportage. Durant trois heures de prise de vue, ils ont assisté à ma formation. Le lendemain, nous sommes passés, très fiers, au 20 h présenté par P. Poivre d'Arvor. C'était une semaine d'élection, dix millions de téléspectateurs ont pu suivre durant 1 minute 40, le petit court-métrage.

Dans mon entourage, il se disait que j'avais eu une chance incroyable, qu'il est quasiment impossible d'obtenir un passage au 20 h. Mais la réalité est tout autre, c'est la persévérance qui avait payé !

Sabine et Chloé travaillaient depuis plusieurs années dans un cabinet d'esthétique comme formatrices. Elles étaient expérimentées, et avaient compris que si elles trouvaient par elles-mêmes des instituts demandeurs, leur responsable leur confierait la mission.

Elles ont donc demandé l'autorisation de démarcher des organismes afin d'obtenir des contrats. L'argumentaire était éprouvé depuis longtemps, il était simple pour elles de prendre des rendez-vous et d'expliquer le contenu de ce qu'elles enseignaient.

Motivées, elles se sont lancées dans le démarchage commercial. Quelques semaines plus tard, prenant de leurs nouvelles de leur mission, le responsable fut surpris de constater qu'elles avaient préféré abandonner les recherches. Toutes deux avaient eu des contacts, et chacune avait rencontré cinq ou six potentiels acheteurs. Mais elles ont essuyé des échecs à chaque rencontre et se sont découragées.

Lorsque l'on démarche un organisme pour obtenir une embauche, un contrat, une mission, c'est la même chose que lorsque l'on recherche un emploi, il faut démultiplier les contacts pour arriver à ses fins.

Si ces jeunes femmes avaient persévéré, elles auraient à coup sûr obtenu des contrats, d'autant que l'entreprise où elles travaillaient était en croissance et que l'argumentaire présenté avait fait ses preuves.

Il ne faut jamais se décourager devant plusieurs refus répétés. Vous sentirez très vite que si le harcèlement n'est pas productif, en revanche, il ne faut jamais hésiter à demander conseil et à tâter le terrain avant d'effectuer une relance.

12
Fidéliser employés et clients

La gratuité du geste commercial

Au fil du temps, vous remarquerez que certaines personnes vous font confiance et deviennent des « fidèles ». Certains collaborateurs sont attachés à leurs fonctions et deviennent presque des amis.

La frontière entre vie publique et vie privée, inévitablement, s'estompe. C'est normal, les mariages, les naissances, les soucis de santé des uns ou des autres entraînent toujours des répercussions sur le travail.

Ce que l'on entend souvent…

Il ne faut pas confondre vie professionnelle et vie privée. Ce que vivent les autres en dehors de l'entreprise ne me regarde pas.

La vie est devenue assez chère, mes employés sont bien payés. Les clients me payent pour ce que je fais, je ne vais pas en plus leur offrir des cadeaux.

Ce qu'il faudrait dire…

Si vous avez de bons collaborateurs, il est important de leur faire savoir (voir plus haut) et de montrer de temps à autre que vous comptez sur eux.

Lors d'un déplacement professionnel, Olivier, un commercial expansif et apprécié avait parlé en aparté de l'Égypte et de ses pyramides à son client. L'été suivant, il se rendit en Égypte et envoya une carte postale à cette personne, lui remémorant leur discussion. Les années suivantes, le client en question, très touché de cette attention, demandait toujours à ce que ce soit Olivier qui soit mandaté pour les nouvelles missions.

Jean-Pierre était chef de chantier. Une fois son travail terminé, il invita son équipe à prendre un verre dans la brasserie qui jouxtait le bâtiment où ils avaient œuvré, car plusieurs d'entre eux souhaitaient poser des questions. Son responsable a pris en charge le montant des quelques consommations, mais Jean-Pierre a soudé son équipe.

Wang, un restaurateur vietnamien terminait son service du soir. Un couple d'habitués venait de partir. Leur voiture ne démarrait pas. Ils sont retournés dans le restaurant pour demander à Wang s'il connaissait un garage dans les alentours pouvant les dépanner. Ce dernier, ayant fini son service, leur proposa simplement de les raccompagner chez eux (ils habitaient à une quinzaine de kilomètres) et de régler le problème de la voiture le lendemain. Non content d'avoir apprécié ce geste, le couple en question retourna souvent dans le restaurant et le fit connaître aux amis.

Une personne a-t-elle été mécontente de vos prestations ? Cela arrivera inévitablement. Il vaut mieux la rembourser sur-le-champ et lui proposer à titre gracieux une nouvelle prestation. Elle vous en sera reconnaissante et reviendra vers vous.

N'hésitez pas à organiser un repas convivial en dehors du travail, une sortie culturelle ou festive pour manifester votre amitié à votre équipe, à condition toutefois de ne pas prévoir de réunion avant, ce qui télescoperait l'objectif poursuivi.

Il n'est jamais souhaitable de prévoir une réunion de travail et un repas amical dans la foulée, au prétexte de gagner du temps, le mélange des genres est toujours néfaste.

La relance indirecte

Si vous souhaitez relancer un client trop silencieux depuis un moment, la technique la plus efficace est encore la relance « indirecte ».

Ce que l'on entend souvent…

Lorsqu'un client fidèle ne s'est pas manifesté depuis un certain temps, je lui propose mes nouveaux produits, pour le relancer.

Le concessionnaire du garage : « Je vous contacte, car un de mes clients souhaite acheter votre voiture. Pourrait-on se rencontrer ? » Le client n'est pas dupe, il comprend tout de suite que c'est un bon plan pour lui revendre votre voiture et en acheter une autre. D'ailleurs tous les ans, vous recevez la même demande.

Il en va de même pour le banquier qui vous contacte afin de vous proposer des investissements rentables qui correspondent très précisément à votre budget. Là encore, l'objectif poursuivi est de vous vendre des actions ou autres plans financiers.

Dans les deux cas, ce sont uniquement des démarches commerciales qui ne seront pas forcément suivies d'effets.

Ce qu'il faudrait dire…

La meilleure technique est encore la relance indirecte.

Vous téléphonez ou envoyez un mail à votre client en lui demandant un conseil ou en lui proposant un service totalement étranger à votre activité. « Vous m'aviez parlé du Lycée Jules Verne où sont scolarisés vos enfants et m'aviez dit que vous en étiez satisfait. J'aimerais en parler avec vous, car ma fille entre en seconde, dites-moi quand vous serez disponible pour que nous en parlions. »

« J'ai obtenu deux places pour le concert de Jazz qui se tiendra à Lille jeudi prochain, comme je sais que c'est une de vos passions, et que je suis empêché de m'y rendre, je vous cède mes places bien volontiers ».

Dans ces deux cas, le client sera heureux que vous ayez pensé à lui et vous en sera reconnaissant, c'est une excellente manière de le fidéliser.

Vous pouvez aussi envoyer un faire-part de naissance, une carte postale de vacances. Il est certain qu'à l'heure d'Internet où les relations sont virtuelles, c'est toujours agréable de constater que des personnes prennent le temps d'envoyer un courrier et donc de savoir qu'elles ont pensé à vous. En prime, vous serez gagnant, car bien souvent, en manifestant l'empathie que vous aurez envers les autres, ils vous le rendront sur un plan affectif autant que psychologique.

Vous en serez grandi et ces relations contribueront à votre équilibre.

Une personne à laquelle on demande un conseil ou un service est toujours valorisée. Dans tous les cas, cette démarche renforce l'amitié, consolide la relation et plus prosaïquement la fidélité sur le plan professionnel. La relation à sens unique finit toujours par s'épuiser.

Il ne faut jamais oublier que ceux qui vivent à vos côtés, que ce soit sur le plan professionnel ou privé, sont comme vous, ils ont des soucis, une famille, ils peuvent vivre des drames et à ce titre comme vous ils ont besoin d'empathie et de considération.

13
La réputation

Une fois démarrée votre activité, il vous faudra acquérir une bonne réputation. Elle se fera au fil des mois et des années, si vous êtes vigilant en appliquant tous les conseils cités plus haut. C'est l'ensemble de toutes ces qualités : disponibilité, réactivité, ponctualité, etc. qui vont rapidement vous donner pignon sur rue. La compétence seule ne suffit pas, le sourire et l'empathie non plus.

Regardez autour de vous les acteurs de notre société. Généralement ce que l'on entend, c'est : « Le Docteur untel est sympathique, mais pas très efficace » « Madame untel est compétente, mais pas aimable pour deux sous ». C'est l'ensemble de tous les paramètres cités plus haut qu'il faut régulièrement remettre en cause.

Si vous observez une baisse de clientèle, c'est que l'un ou plusieurs d'entre eux font défaut. Reprenez-les, un par un pour essayer de déterminer les négligences qui ont pu conduire à cette baisse de régime.

La réputation est toujours le fruit d'un ensemble d'attitudes et de qualités que l'on développe au contact des autres qui nous sont confiés. Tout le monde vous le dira, il est urgent de redonner une dimension humaine dans un monde dominé par le virtuel.

N'oubliez jamais que lorsqu'un client est mécontent – un traitement qui n'a pas donné de résultat, un soin qui n'a pas été efficace – le client dira toujours que c'est votre faute. Alors que le client satisfait de vos services le fera savoir et dira toujours que c'est grâce à vous. Votre réputation sera alors assurée !

Un client ne vous dira pas frontalement qu'il a été mécontent de votre prestation, mais vous le saurez vite, car il ne donnera pas suite. Il faut savoir que la plupart du temps les gens votent avec leurs pieds !

Il est certain que vos compétences associées à toutes ces recommandations pratiques vous assureront le succès à court terme.

Tous ces conseils peuvent vous sembler difficiles à appliquer, voire rébarbatifs. Mais si vous aimez vos clients, très vite vous vous apercevrez qu'ils deviendront naturels, à l'instar d'un jeune parent paniqué à l'idée de devoir se lever la nuit ou annuler une sortie prévue de longue date à cause d'un enfant souffrant et qui finalement ne se pose même plus la question tant l'amour qu'il porte à son enfant est prioritaire sur tout le reste.

Je vous souhaite une bonne installation, un démarrage en flèche et pour essayer d'appliquer à moi-même l'une de ces recommandations, je vous laisse mon adresse électronique qui vous permettra de me contacter si vous le souhaitez : mariedelaporte34@gmail.com

Table des matières

Imprimé en France
Achevé d'imprimer en octobre 2022
Dépôt légal : juillet 2022

Pour

Le Lys Bleu Éditions
40, rue du Louvre
75001 Paris